AU ROI

UNE VOIX DE LA BRETAGNE

SAINT-BRIEUC

Imprimerie de L. Prud'homme libraire-éditeur,

1872

37652

Quand la politique tâtonne,
Que les sages sont aux abois,
Il ne faut pas que l'on s'étonne
Si la Muse élève la voix.
Sans être un Milton, un Homère,
Un Dante au regard inspiré,
Il suffit d'avoir une mère
Et quelque peu du feu sacré,
Pour s'écrier, l'âme meurtrie :
Mère, je t'aime en ta douleur !
Car ma mère, c'est ma Patrie,
Et son sang, le sang de mon cœur.

Mais que faut-il à sa détresse,
A sa nuit sombre, à son effroi ?
Est-ce le doute et la tristesse,
Ou bien l'espérance et la foi ?
Prince ! vous déchirez le voile :
Cet éclair trouble la raison,
Mais son vif éclat est l'étoile
Que Dieu nous montre à l'horizon.

Sans fraude, sans peur, sans reproche,
Gentilhomme, vrai chevalier,
Tant de loyauté vous rapproche
De Bayard, de François premier.
Amour et foi donnent courage.
O vérité ! culte immortel !
Qu'importent les coups de l'orage
A l'âme embrassant ton autel !
Et votre âme héroïque et pure,
Dans ce bourbier de flots humains,
Ecarte ce qui fait injure
Au drapeau sans tache, en vos mains.
Tenez-le ferme, ô roi de France !
Le vent passe et laisse flotter

Cet emblème de l'espérance,
Où l'honneur a su s'abriter.

Ce pays, blessé sur sa couche,
Que plus d'un condamne au néant,
N'attend qu'une main qui le touche
Pour se redresser en géant.
O Christ ! à la main souveraine
Que sentit Lazare au tombeau,
Fais sortir encor de ta veine,
Pour ce cadavre, un sang nouveau !
Toi, son Dieu... nomme ton ministre !
Choisis le plus digne des fronts ;
Efface l'empreinte sinistre
Des froids oublis et des affronts !
Fais que la France se retrace
Ses longs siècles, au premier rang,
Mêlant les splendeurs d'une race
Aux libertés du peuple franc !
Fais qu'un lis, gardé par miracle
Sur un sol lointain d'exilé,
Fleurisse encore... et soit l'obstacle
Au meurtre du droit mutilé !

Ce rejeton t'invoque et t'aime,
Sa gloire est la tienne... et ce roi
N'apparaît qu'au moment suprême
Où la France a crié vers toi !

A lui, le pouvoir légitime !
A nous croyants d'un siècle fort,
Las enfin de tout règne infime
Dont l'essai fatal est la mort,
De ne vouloir plus reconnaître,
Pour chef, qu'un chrétien comme nous,
Chrétien qui nous commande en maître,
En prenant le sceptre à genoux !

Jour de la St-Henri, 15 Juillet 1871.

I

Salut au royal exilé

Qui retrouve enfin sa patrie !

Son nom, sur ce sol désolé,

Se redit dans l'âme attendrie.

Mais la nuit est trop sombre encor;

La crainte voile l'espérance.

Méritons-nous un âge d'or ?

Par pitié ! Dieu ! sauve la France !

D'un siècle de crimes, d'erreurs,

Avons-nous effacé l'écume ?

Mais la France, en ses profondeurs,

Gardé un feu sacré qui s'allume.

Ce feu purifie... et l'autel,

Pour victime, a l'âme en souffrance :

Cet encens touche l'éternel.

Par pitié ! Dieu ! sauve la France !

Fatigué de honteux pouvoirs,

Nourri d'une haine implacable,

Ce peuple, ignorant ses devoirs,

Est plus aveugle que coupable.

Un jour de colère et d'ennui,

Il brisa tout dans sa vengeance :

Satan s'était joué de lui.

Par pitié ! Dieu ! sauve la France !

La barque flotte au sein des mers,

Sans gouvernail; la nuit est sombre;

Mais au-dessus des flots amers

Perce un rayon d'azur dans l'ombre;

La tempête mugit en vain,

En vain plus d'un monstre s'élance;

Vers nous un ange tend sa main.

Par pitié ! Dieu ! sauve la France !

II.

Henri V ! ô roi très-chrétien !
Avec ce titre pour soutien,
    Revivra votre race !
Devant vous, découvrant leur front,
Les peuples encor se diront :
    « C'est la France qui passe ! »

La France attendant le retour
D'un règne de paix et d'amour,
    Est-elle condamnée ?
Ou mêle-t-elle, en ses douleurs,
Le repentir avec les pleurs,
    Pour être pardonnée ?

Ses crimes sont-ils expiés,
Hélas ! ou trop tôt oubliés,
   Ne semblent-ils qu'un songe ?
Le mal vaincrait-il les élus !
Et l'Evangile n'est-il plus
   Qu'erreur et que mensonge ?

O Christ ! es-tu le dernier roi ?
Quiconque veut régner par toi,
   Aura-t-il... (loi divine !)
Dans sa main, pour sceptre, un roseau,
Sur son front, pour royal bandeau,
   La couronne d'épine ?

Non ! le sang sacré d'un martyr,
Du sol, a fait toujours sortir
   La foi plus vigoureuse ;
Prince ! Dieu calme son courroux,
Quand il vous voit offrir pour nous
   Votre âme généreuse !

Dieu vous aime.... et nous vous aimons !

Ensemble frappés, nous prenons

La Croix pour espérance ;

Mais c'est sur le front de leurs rois

Que verront resplendir la Croix

Les enfants de la France !

III.

Jamais !.... Ce mot fier restera ;
Il ne permet plus l'ignorance :
Jamais, jamais le roi de France
Droit et devoir n'abdiquera.
Oui ! toute mission sublime,
Dieu seul la donne et la reprend.
Au peuple d'effacer son crime,
Au roi de briller à son rang !

Il viendra ce jour désiré,

Ce triomphe pur et paisible

Où votre foi forte, invincible,

Prince ! n'aura rien abjuré !

Portant devant vous l'Oriflamme

Qui garde l'honneur dans ses plis,

Nous verrons revivre en votre âme

La grande âme de saint Louis.

Comme un rayon dans le ciel noir,

Dans l'avenir est la justice ;

Plus l'exil fut dur sacrifice,

Plus la patrie est douce à voir.

Si du trône, l'illustre emblême

Reçut, hélas ! plus d'un affront,

Sire ! c'est que le diadême

N'était fait que pour votre front !

Trop long temps, le droit fut vaincu !

Les beaux jours de votre jeunesse

Se sont éteints dans la tristesse,

Votre amour seul a survécu;

Ce fidèle amour de la France

Que grandit encor son malheur,

Aujourd'hui.... c'est une espérance,

Demain.... ce sera le bonheur !

IV.

O grand chêne dont les rameaux

Sont tombés sous la foudre,

Que le vent disperse en lambeaux

Et roule dans la poudre,

Un seul gland reverdit encor

Dans l'aride poussière,

Mais il lui faut, pour son essor,

De l'air, de la lumière !

O princes ! faits pour la grandeur !

Elle est sur votre tête.

Levez les yeux à la hauteur

Où Dieu même l'apprête !

Les hommes rampant ici-bas

Sont des limons infimes...

Ils gardent l'empreinte des pas

Qui montent vers les cîmes !

Si le Christ vivait en vos cœurs,

Grands princes de la terre !

Du monde vous seriez vainqueurs :

Plus de pleurs ni de guerre !

L'orgueil, ce tyran, ce faux roi,

Subirait son supplice ;

Tous les trônes auraient pour loi

L'éternelle Justice.

Avez-vous jamais du tombeau

Interrogé l'abîme ?

La mort promène son flambeau

Sur la vertu, le crime ;

Qu'importe au-delà d'entrevoir

Et gloire et renommée ?

La vérité.... c'est le devoir ;

Tout le reste est fumée !

Rameaux, dont la rosée en pleurs,

Par un heureux prodige,

Ferait s'épanouir les fleurs

Sur une même tige,

Voyez ! sans parfums, sans soleil,

Cette terre flétrie !

De vous elle attend son réveil,

Et c'est votre Patrie !

V.

Que votre règne arrive !

Que la terre enfante un sauveur !

Notre espérance est vive ,

Bénissez-la , Seigneur !

Les bergers des peuples pasteurs ,

Quand la nuit, de son voile ,

Couvrait les ruisseaux et les fleurs ,

Aperçurent l'étoile.

Que etc.

Après les pauvres de son choix,

Dieu, dans sa providence,

Dit : Venez maintenant, ô rois !

Votre splendeur commence !

Que etc.

La vertu de l'eau du Jourdain

Sauvait un jour le monde;

Sur la tête d'un souverain

Elle est toujours féconde.

Que etc.

Quand la couronne au front sacré

Par Samuel s'imprime,

Nul fleuron n'en est altéré,

Nul doigt ne la déprime.

Que etc.

C'est un temple aussi que l'exil
Passé dans la prière :
Du sombre avenir, en péril,
Joas est la lumière.
Que etc.

Ce siècle, idolâtre de soi,
Repousse tout oracle ;
Mais la France a gardé la foi
Dans l'enfant du miracle !

Que votre règne arrive !
Que la terre enfante un sauveur !
Notre espérance est vive.
Bénissez-la, Seigneur !

VI.

Vive le roi !

C'est là notre espérance !

Le nom d'Henri mérite notre foi.

C'est le remède à plus d'une souffrance !

Ce cri des cœurs, c'est le cri de la France !

Vive le roi ! (bis)

Vive le roi !

Que toutes les poitrines

De l'acclamer se fassent une loi !

C'est lui la fin des guerres intestines,

C'est lui qui peut réparer nos ruines !

Vive le roi ! (bis)

Vive le roi !

Comme ce cri soulage !

Comme il efface et la honte et l'effroi !

Après des jours d'horreur et de carnage,

Comme il est pur, ce rayon dans l'orage !

Vive le roi ! (bis)

Vive le roi !

Que ce cri nous rappelle

Ivry, Damiette, Orléans et Rocroy !

Mais aux lauriers toujours du sang ruisselle ;

C'est dans la paix que le lis étincelle !

Vive le roi ! (bis)

Vive le roi !

C'est la paix qu'il apporte !

L'Europe entière en sa parole a foi

La main loyale est toujours la plus forte ;

Le sceptre y tient... et le peuple l'escorte !

Vive le roi ! (bis)

www.ingramcontent.com/pod-product-compliance
Lightning Source LLC
LaVergne TN
LVHW010509060726
842527LV00005B/1975